Les fourberies de Scapin

FichesdeLecture.com

Les fourberies de Scapin (Fiche de lecture)

I. INTRODUCTION

Comédie en trois actes et en prose représentée pour la première fois le 24 mai 1671 au théâtre du Palais-Royal, *Les fourberies de Scapin* n'obtient d'abord qu'un accueil mitigé, au point que Molière la retirera de l'affiche. Le succès ne viendra d'ailleurs qu'après sa mort, mais il ne se démentira jamais.

II. RÉSUMÉ DE LA PIÈCE

Acte I

L'action se déroule à Naples. Octave a secrètement épousé Hyacinte, une orpheline dont il est tombé amoureux. Mais son père Argante doit revenir prématurément, ce qui provoque le désespoir d'Octave. En effet, Argante (qui ignore tout de ces noces) veut marier son fils à la fille de son ami Géronte, bien que celle-ci ait momentanément disparu **(Scène 1)**. Le fils de Géronte, Léandre, est lui amoureux de Zerbinette, jeune esclave égyptienne. S'il ne rachète pas rapidement la liberté de celle-ci, elle lui sera probablement enlevée.

Octave se confie alors à Scapin, valet de son ami Léandre **(Scène 2).** Ce dernier est rusé et déborde en permanence d'idées. Après maintes suppliques du jeune couple, Scapin est touché par l'amour d'Octave et d'Hyacinte et accepte de les aider, avec l'envie également de s'essayer à de nouvelles ruses **(Scène 3).** Pour cela, il demande à Silvestre, le valet d'Octave, de l'aider.

Argante apprend alors le mariage secret de son fils. Furieux, il menace de le déshériter. Scapin intervient alors pour le convaincre que son fils, surpris chez cette femme, n'a pas eu d'autre choix que de l'épouser. Mais Argante est toujours déterminé à annuler le mariage **(Scène 4).** Le valet expose à Sylvestre son plan pour sauver Octave. Sylvestre devra se déguiser en « spadassin », un tueur à gages **(Scène 5).**

Acte II

Scapin, qui a dans l'idée de soutirer de l'argent aux deux pères pour faire triompher l'amour des jeunes gens, décide alors de s'en prendre à Géronte. Ce dernier, à peine rentré de voyage, attend l'arrivée de sa fille qu'il a promise à Octave. Il reproche à Argante d'avoir mal élevé son fils **(Scène 1)** ; celui-ci, utilisant les arguments fallacieux de Scapin, lui réplique qu'il a fait bien pire avec le sien. Justement, Léandre arrive, aussitôt repoussé par Géronte en raison de l'aveu de Scapin **(Scène 2).** D'abord furieux, Léandre veut d'abord se venger de son valet. Il le pousse à avouer son crime ; Scapin avoue trois fourberies mais ne reconnaît pas ce dont on l'accuse **(Scène 3)** .Léandre finit par le supplier de lui trouver l'argent nécessaire pour racheter Zerbinette **(Scène 4).** Scapin s'attaque d'abord à Argante. Il lui explique que le frère d'Hyacinthe est disposé à un arrangement en échange d'une somme importante d'argent **(Scène 5)**... Les arguments de Scapin combinés aux menaces physiques du prétendu frère (en fait Sylvestre, déguisé en « spadassin ») persuadent le vieil homme de donner deux cents pistoles à Scapin **(Scène 6).**
Puis Scapin décide de se tourner cette fois vers Géronte. Il lui fait croire à un enlèvement de son fils, retenu à bord d'une galère turque. Après de nombreuses hésitations, Géronte cède 500 écus pour la rançon **(Scène 7).** Scapin donne l'argent à Léandre et Octave **(Scène 8).** Il veut cependant aller plus loin et se venger de Géronte pour avoir fait douter Léandre de la loyauté du valet.

Acte III

Scapin et Sylvestre réussissent à rassurer Hyacinte et Zerbinette : ils pensent pouvoir sauver leurs couples. Ces deux dernières conversent sur la condition féminine **(Scène 1).** Scapin décide alors que l'heure de la vengeance a sonné. Il annonce à Géronte que des hommes le recherchent pour avoir essayé de rompre le mariage d'Argante. Pour lui venir en aide, il propose au vieil homme de se cacher dans un sac qu'il ferme aussitôt. Contrefaisant sa voix, il le roue de coups de bâton.

Géronte finit cependant par découvrir la supercherie et le valet doit s'enfuir **(Scène 2).** Mais Zerbinette, dans la scène suivante **(3),** révèle par erreur à Géronte comment Scapin lui a soutiré son argent. Elle apprendra dans la scène suivante **(4)** l'identité de Géronte. Ce dernier et Argante se retrouvent et décident de se venger du valet. S'ajoute aux tourments de Géronte la crainte que sa fille ne soit morte lors d'un naufrage **(Scènes 5 et 6).** Des **scènes 7 à 9,** Scapin est informé de la situation par Sylvestre qui le met en garde, et Nérine, nourrice d'Hyacinte, annonce le mariage de la jeune femme et d'Octave. Géronte se réjouit alors d'avoir retrouvé sa fille. Il apprend en fait que celle-ci n'est autre qu'Hyacinte **(Scène 10).** Reste l'obstacle du mariage de Zerbinette et Léandre : lors de la **scène 11,** Argante reconnaît par un joyau que Zerbinette est sa fille ; il est donc d'accord pour que Léandre l'épouse. Les quatre amoureux sont donc sauvés. À cet instant, on annonce que Scapin a reçu sur la tête un marteau tombé d'un échafaudage et qu'il va en mourir **(Scène 12).** C'est en fait un mensonge de plus, mais cela lui permet d'obtenir le pardon des deux vieillards **(Scène 13).** Il prétend aller mieux et demande à ce que l'on le porte jusqu'à la table du festin.

III. PRÉSENTATION DES PERSONNAGES PRINCIPAUX

Scapin

Valet de Léandre, Scapin est un personnage de comédie « classique », le valet bouffon. Mis en scène pour la première fois dans cette pièce, il doit sa renommée à ses « fourberies », son intelligence remarquable et para-doxalement, son dévouement à son maître Léandre.

À l'origine, il n'était qu'un *zanni* (valet) milanais directement inspiré de Scapinno, un personnage de la Commedia dell'arte fourbe, cupide et dépourvu de tout sens des responsabilités ; mais Molière lui donne ici une véritable épaisseur. Il dispose d'une sagesse pratique bien à lui, une imagination créatrice forte et est très inventif. On le voit à sa force de persuasion tout au long de la pièce. Il en est d'ailleurs conscient : *« Je puis dire, sans vanité, qu'on n'a guère vu d'homme qui fût plus habile ouvrier de ressorts et d'intrigues, qui ait acquis plus de gloire que moi dans ce noble métier. [...] Je me plais à tenter des entreprises hasardeuses ».* (I, 2 et III, 1). C'est donc ici un personnage neuf, enrichi par Molière, qui nous est proposé.

Léandre

Lui aussi est un personnage récurrent et classique du théâtre comique. Il incarne les jeunes amoureux de la Commedia dell'arte.

Géronte

Père de Léandre, son nom vient du grec (vieux) et a toujours représenté la vieillesse au théâtre. Le profil du personnage a néanmoins connu des évolutions. Il est souvent dur, avare, entêté, à l'image de son rôle dans *Les fourberies de Scapin.*

Octave

Il est le fils d'Argante et l'amant de Hyacinte.

Argante

Il est le père d'Octave et de Zerbinette et représente des valeurs similaires à celles de Géronte.

Zerbinette

Esclave égyptienne, elle est l'amante de Léandre et est reconnue fille d'Argante dans le dernier acte.

Hyacinte

Elle est fille de Géronte et femme d'Octave.

Sylvestre

Valet d'Octave, il assiste Scapin dans la mise en œuvre de ses fourberies.

IV. AXES D'ANALYSE

Le rôle du valet dans Les fourberies de Scapin

Comme souvent dans les pièces de Molière, un **conflit** existe entre deux maîtres (le jeune et le vieux, généralement). Cela permet de composer des scènes où valet et jeune maître s'entendent contre le plus âgé, alors même que ce dernier demande à son serviteur de surveiller le plus jeune...

Ainsi, le valet, ici Scapin, devient le point pivot d'un triangle comique au sein duquel il prend le pouvoir. On retrouve alors le « **monde inversé** » cher à Charles Mauron (notamment dans ses théories sur la psychocritique).

C'est souvent l'occasion pour le valet de se venger : et de ce point de vue Scapin n'est pas en reste. Mais il faut souligner que cette **vengeance** est dépourvue de revendications sociales : elle est avant tout personnelle. Cela permet par la même occasion d'amuser le spectateur. Nous sommes bien loin ici du valet confident des tragédies, respectueux des codes et de la bienséance, puisqu'ici Scapin va jusqu'à bâtonner Géronte...

Face à la ténacité de ses opposants et de la morale traditionnelle, Scapin parvient à nous conduire à un dénouement comique, une solution miraculeuse qui pourrait rappeler le fonctionnement des *Deus ex machina* par son aspect impromptu et volontairement artificiel.

Le fonctionnement du comique dans *Les fourberies de Scapin*

La pièce est avant tout une comédie, très empreinte des marques de la comédie italienne par ailleurs. Ce comique passe ici par plusieurs formes. C'est d'abord un **comique de situation** : on peut prendre comme exemple l'Acte III, scène 2, où Géronte se retrouve enfermé dans un grand sac, roué de coups par Scapin.

Un **comique de gestes** ensuite, comme dans la scène 7 de l'Acte II, par la série de mouvements qu'effectue Géronte lorsqu'il retient sa bourse alors que Scapin a déjà la main accrochée à celle-ci. On trouve dans la même scène une illustration du **comique de répétition** (« *Que diable allait-il faire dans cette galère ?* » est maintes fois répété).

Mais ce n'est pas tout : à travers l'avarice et l'obstination des vieillards, mais aussi l'aveuglement des jeunes amoureux, Molière nous offre un jeu sur le **comique de caractère.**

Le spectateur peut désormais se moquer aux côtés de Scapin : le rire le fait complice. C'est là l'une des forces de l'écriture de Molière.

Il faut cependant souligner que le comique n'est pas le seul élément essentiel de la pièce. La force de celle-ci réside dans d'autres aspects, tels que sa **structure** (les jeux de parallélisme, les effets de répétition, les stratagèmes), son rythme, sa **dynamique.** Ou bien encore **l'écriture même des dialogues,** toujours sous-tendue par les tentatives de chaque personnage de prendre l'ascendant sur l'autre. À ce jeu-là d'ailleurs, Scapin gagne toujours. Il parvient par exemple à minimiser les déclarations les plus lourdes de conséquences. Par exemple, lorsqu'Argante se montre autoritaire, le valet relativise aussitôt ses paroles : « *je le déshériterai* »/ « *bon* » (Acte Ier). Il parvient ainsi à retourner les rapports de force en sa faveur et à transformer la situation de communication.

Postérité

Face à l'échec de sa pièce, Molière la retire de l'affiche après seulement un mois d'exploitation. En plus des critiques d'autres auteurs (Boileau lui reproche son côté populaire et Fénelon l'exagération des caractères), son retour à la farce ne séduit pas ses contemporains, qui lui préfèrent davantage ses comédies-ballets à grand spectacle. Mais la pièce connaît un renouveau après la mort du dramaturge. Dès 1680, elle est représentée trois fois à la Cour et, jusqu'en 1715 (soit à la mort de Louis XIV), 197 fois à la ville. Depuis, *Les Fourberies de Scapin* a été jouée plus d'un millier de fois à la Comédie-Française. La pièce a également été traduite dans presque toutes les langues européennes.

Mais le succès n'est pas que passé par la représentation : plusieurs éléments de la pièce sont devenus si renommés que de nombreuses personnes utilisent ses expressions sans forcément se souvenir qu'elles en sont issues. Ainsi la réplique « *Mais que diable allait-il faire dans cette galère ?* » se retrouve encore aujourd'hui dans l'expression « quelle galère »...

Dans la même collection en numérique

Escadrille 80

Inconnu à cette adresse

La controverse de Valladolid

Les Vilains petits canards

Une partie de campagne

Cahier d'un retour au pays natal

Dora Bruder

L'Enfant et la rivière

Moderato Cantabile

Alice au pays des merveilles

Le faucon déniché

Une vie

Chronique des Indiens Guayaki

Je voudrais que quelqu'un m'attende quelque part

La nuit de Valognes

Œdipe

Disparition Programmée

Education européenne

L'auberge rouge

L'Illiade

Le voyage de Monsieur Perrichon

Lucrèce Borgia

Paul et Virginie

Ursule Mirouët

Discours sur les fondements de l'inégalité

L'adversaire

La petite Fadette

La prochaine fois

Le blé en herbe

Le Mystère de la Chambre Jaune

Les Hauts des Hurlevent

Les perses

Mondo et autres histoires

Vingt mille lieues sous les mers

99 francs

Arria Marcella

Chante Luna

Emile, ou de l'éducation
Histoires extraordinaires
L'homme invisible
La bibliothécaire
La cicatrice
La croix des pauvres
La fille du capitaine
Le Crime de l'Orient-Express
Le Faucon malté
Le hussard sur le toit
Le Livre dont vous êtes la victime
Les cinq écus de Bretagne
No pasarán, le jeu
Quand j'avais cinq ans je m'ai tué
Si tu veux être mon amie
Tristan et Iseult
Une bouteille dans la mer de Gaza
Cent ans de solitude
Contes à l'envers
Contes et nouvelles en vers
Dalva
Jean de Florette
L'homme qui voulait être heureux
L'île mystérieuse
La Dame aux camélias
La petite sirène
La planète des singes
La Religieuse
1984 A l'Ouest rien de nouveau
Aliocha
Andromaque
Au bonheur des dames
Bel ami
Bérénice
Caligula
Cannibale
Carmen

Chronique d'une mort annoncée

Contes des frères Grimm

Cyrano de Bergerac

Des souris et des hommes

Deux ans de vacances

Dom Juan

Electre

En attendant Godot

Enfance

Eugénie Grandet

Fahrenheit 451

Fin de partie

Frankenstein

Gargantua

Germinal

Hamlet

Horace

Huis Clos

Jacques le fataliste

Jane Eyre

Knock

L'homme qui rit

La Bête humaine

La Cantatrice Chauve

La chartreuse de Parme

La cousine Bette

La Curée

La Farce de Maitre Pathelin

La ferme des animaux

La guerre de Troie n'aura pas lieu

La leçon

La Machine Infernale

La métamorphose

La mort du roi Tsongor

La nuit des temps

La nuit du renard

La Parure

La peau de chagrin

La Petite Fille de Monsieur Linh

La Photo qui tue

La Plage d'Ostende

La princesse de Clèves

La promesse de l'aube

La Vénus d'Ille

La vie devant soi

L'alchimiste

L'Amant

L'Ami retrouvé

L'appel de la forêt

L'assassin habite au 21

L'assommoir

L'attentat

L'attrape-coeurs

Le Bal

Le Barbier de Séville

Le Bourgeois Gentilhomme

Le Capitaine Fracasse

Le chat noir

Le chien des Baskerville

Le Cid

Le Colonel Chabert

Le Comte de Monte-Cristo

Le dernier jour d'un condamné

Le diable au corps

Le Grand Meaulnes

Le Grand Troupeau

Le Horla

Le jeu de l'amour et du hasard

Le Joueur d'échecs

Le Lion

Le liseur

Le malade imaginaire

Le Mariage de Figaro

Le meilleur des mondes

Le Monde comme il va

Le Parfum

Le Passeur

Le Petit Prince

Le pianiste

Le Prince

Le Roman de la momie

Le Roman de Renart

Le Rouge et le Noir

Le Soleil des Scortas

Le Tartuffe

Le vieux qui lisait des romans d'amour

L'Ecole des Femmes

L'Ecume Des Jours

Les Bonnes

Les Caprices de Marianne

Les cerfs-volants de Kaboul

Les contes de la Bécasse

Les dix petits nègres

Les femmes savantes

Les fourberies de Scapin

Les Justes

Les Lettres Persanes

Les liaisons dangereuses

Les Métamorphoses

Les Mouches

Les Trois mousquetaires

L'étrange cas du Dr Jekyll et de Mr Hyde

L'Ile Au Trésor

L'île des esclaves

L'illusion comique

L'Ingénu

L'Odyssée

L'Ombre du vent

Lorenzaccio

Madame Bovary

Manon Lescaut

Micromégas

Mon ami Frédéric

Mon bel oranger

Nana

Ne tirez pas sur l'oiseau moqueur

Notre-Dame de Paris

Oliver twist

On ne badine pas avec l'amour

Oscar et la dame rose

Pantagruel

Le Misanthrope

Perceval ou le conte du Graal

Phèdre

Ravage

Roméo et Juliette

Ruy Blas

Sa Majesté des Mouches

Si c'est un homme

Stupeur et tremblements

Supplément au voyage de Bougainville

Tanguy

Thérèse Desqueyroux

Thérèse Raquin

Ubu Roi

Un Barrage contre le Pacifique

Un long dimanche de fiançailles

Un secret

Vendredi ou la vie sauvage

Vipère au poing

Voyage au bout de la nuit

Voyage au centre de la terre

Yvain ou le Chevalier au lion

Zadig

À propos de la collection

La série FichesdeLecture.com offre des contenus éducatifs aux étudiants et aux professeurs tels que : des résumés, des analyses littéraires, des questionnaires et des commentaires sur la littérature moderne et classique. Nos documents sont prévus comme des compléments à la lecture des oeuvres originales et aide les étudiants à comprendre la littérature.

Fondé en 2001, notre site FichesdeLectures.com s'est développé très rapidement et propose désormais plus de 2500 documents directement téléchargeables en ligne, devenant ainsi le premier site d'analyses littéraires en ligne de langue française.

FichesdeLecture est partenaire du Ministère de l'Education du Luxembourg depuis 2009.

Plus d'informations sur www.fichesdelecture.com

ISBN: 978-2-511-02819-3

Notes :